누군가 나를 두리번거린다

누군가 나를 두리번거린다

조재형 시집

포지션

詩 없이 견뎌보는 일상 속에서
나는 여전히 시를 찾고 있다. 이것은 지병

가난하게 살다 착하게 떠난 내 친구 기헌에게
이 시집을 바친다.

2017. 가을
조재형

차
례

제1부

제2부

제3부

제1부

자화상

한때 일간지로 발행되기를 열망했다
반전이 되고 오늘의 운세가 되고
당대에 회자되는 특종을 그리곤 했다
하지만 누구도 나를 구독하지 않는다
타인에게 나는 지나간 서정이고
금기어이고
케케묵은 혁명의 원조다

어느 때인가는 칼이라고 호언했다
닥치는 대로 휘둘렀으나
나는 곧 알게 되었다
두려운 것은 벼릴 수 없는 활자라는 걸

어떤 날은 우거진 수식으로
타인에게 인용되길 바랐다
넘치는 나의 비유를 더 이상 교정하기 꺼리는데

오답을 탐색하는 돋보기였으면 했다
절반의 슬픔이 노출된 나는
타인들의 파격에 분석되어버렸으니
상투적인 시작은 번번이 반려되었다

나도 진부한 나로 대체되기를 거부했다
평생 나인 줄 알고 말 속에 담아온 나는
사실은 어느 전생의 후기였을 뿐
나는 나의 부록에 머물고 있다
때로 생시 같은 꿈을 꿀 때면
나는 더 이상 표절될 수 없다

즐거운 세일

오늘 나는 임의로 제출되었다
누구도 나를 펼쳐보지 않아
집으로 반품되는 중이다
표준 어법으로 억양을 각색했던바
원산지 표시에 하자가 드러난 것
내가 가문의 재활용품이 된 지는 오래
식구들은 내 꿈으로 출근하여 나를 재구성한다
내가 다시 신제품으로 출고되면
내가 있던 빈자리를 난로인 양 둘러앉은 식구들
입을 모아 빌고 있다

대박이 아니라도 좋아,
반품이 되어도 좋아,
바겐세일만은 사양해!

침묵을 엿듣다

나는 고장 난 신호등
당신의 예절을 지켜줄 수 없다
더 이상 나를 준수하지 말기를
상투적인 당신에게 필요한
일탈이라는 이탈
눈감아주는 지금이야말로
계급으로 쌓아 올린 관습을 허물 기회

나는 유쾌한 제한구역
직각으로 쌓아 올린 피라미드라면 불허한다
고함으로 두드려도 열리지 않겠다
어디서나 우대받는 정품은 거부한다
바닥을 전전해본 반품을 우대한다

나는
천기누설을 주름잡는 통치자

마를 날 없는 예절을 지퍼처럼 열어놓는다
오늘의 순서를 관장하는 총구로
당신의 위치를 향해 정조준한다

나는 빈 주전자
쓸쓸한 오늘을 담아 당신의 목마른 허식을 적셔주겠어
벌컥 들이마실 작정이면 나를 유의하기를
때로 나는 당신에게
독배다

나는 오래된 길을 기억하는 바퀴
어디라도 굴러 찾아간다
전투적인 비포장을 선호한다
호의호식하는 측근으로 정체되느니
유리걸식하는 중고 타이어로 버려졌으면
당신의 경사대로 추락하게 나를 방치해두기를

나는 눈물로 채운 만년필
애용하려거든 슬퍼할 각오를 다져야
나를 집어 드는 당신은 비극의 저자
발굴되지 않았으면 한낱 교정되어야 할 비문非文,
폐기처분되었을 시대의 과오

나는 숫자 0
나를 취하는 순간
추수한 과실보다 몇 배가 부풀려지겠다
하지만
성취한 모든 것을 잃을 수도 있다
당신의 경향으로 나를 포용하기를

횡단보도

언제부터
도시 한복판으로 압송되었는지
바닥에 누워 있는 어떤 복선이
날뛰는 속도를 제압하는지
아무도 흑백 도형을 발설하지 않는다

초원의 국경을 넘어 문명 속으로 난입한 것이다

하늘로 직진 중이었다
구름에게 덜미를 잡혀 지상으로 소환된 것이다

세로로 한 시대를 풍미하였다
공구로 부려먹던 시간이 부러지며
가로로 정착한 것이다

고난에게 짓밟혀도 미동을 안 하던
어떤 등이었다

휘갈겨 쓴 활주흔이 내생으로 후송되기까지는

이슥한 밤
나는 소리를 죽이며
텅 빈 방명록에
검정 구둣발을 낙관처럼 찍는다

오랜 잠에서 깨어난 그가
밀림으로 혹은 창공으로 돌아가기 전에

하루 사용법

슬픔은 수령하되 눈물은 남용 말 것
주머니가 가벼우면 미소를 얹어줄 것
지갑과 안전거리를 유지할 것
침묵의 틈에 매운 대화를 첨가할 것
어제와 비교되며 부서진 나를 이웃 동료와 견주지 말 것
인맥은 사람에 국한시키지 말 것
그늘에 빛을 채우는 일에 일 할은 할애할 것
고난은 추억의 사원으로 읽을 것
손을 내려다보면 이루어지는 이 모든 것들에게
시간을 가공 중이라고 말해줄 것
나에게 돌아오는 길엔
고개 들어야 보이는 별들에게
일과를 고하는 것 잊지 말 것

경험칙

사랑은 그리움을 지필수록 타오르는 것

이별은 돌멩이를 맞은 호수의 통증

시간으로 아물어 가는 것

목숨은 구두끈처럼 풀 수 없는 매듭

기도는 소신하는 만큼 밝아지는 것

삶은 모든 경험이 경험이 아님을 깨닫는 것

사소한 질문

누가 저 달을 하늘에 가두었나
밤하늘에 귀를 기울이는 건
절규를 그리워하기 때문인가

나무 아래 벗어놓은 낙엽들이 있고
바람이 짝을 맞추어 11월을 신고 간다

의자는 다리가 부러져 휴식을 얻는 것인가
아무도 거들떠보지 않을 때
비로소 자신에게 돌아갈 수 있는가

하늘에서 날아와 웅크리고 있는
응달 속 깃털들에게
누가 맨 처음 함박눈이라고 호명했지

나는 시간이 쏘아 올린 탄생

언제까지 날아가 어디쯤에서
죽음의 과녁에 적중할까

도끼가 나무를 내리찍는다
도낏자루도 본래 나무였는데
누구의 포섭으로 나무꾼에게 전향했을까

누군가 나를 두리번거린다
내 안에 가둔 당신을 들켰나

꽃에게

기억하렴

네가 쓰러지지 않고
주연으로 조명받는 동안

막후에서
필사적으로
연출하는 뿌리가 있다는 것을

속보

방금
노루 한 마리
고속도로를 무사히 건넜다

광고

시집 한 권 구입하면
단독정부를
날돈으로 이양받는 거사이다

마음에 드는 시 한 편
낭독하면
별 한 동을
거저 분양받는 횡재이다

완보

가도 가도 첫걸음에
갈 수 없는 나무

제 몸을 깎아
책이 되어도
자신을 열람할 수 없는 나무

오늘 걸어낸 길로 문장을 완성하고
바람에 읽히고 있다

나무의 바람 소리는 모두 다르다
나무의 바람 소리는 매일 다르다

제 자리는 다름으로 가는 지름길이다

제2부

너는 치외법권이다

나는 봉인되었다
너, 라는 담보물 속에
나는 해제될 수 없다 네 목소리가 아니면
약속이 무산되어도
그것으로 나의 말은 완성되었다
너를 목적지로 정했으니
내 사유는 너에게로 가는 이정표
나를 호송하는 시간들은
너를 세우려고 파산 중이니
맨 처음 잔물결인 너는
별안간 해일로 덮쳐온다
파고를 받아적으려고
해안선은 송두리째 포구를 위반 중이다
너를 탈고하기 위해
별책부록 같은 여* 하나 내 안에 가두고
밤새워 형기를 심리 중이다

* 물속에 잠겨 보이지 않는 바위

답장
—오규원의 '편지지와 편지봉투'를 읽고

당신이 부친 겨울을 받았습니다

눈으로 접어 보낸 봉투를 열었습니다

빨갛게 달뜬 자전거에서 식은 행낭을 내립니다

안녕이 쏟아집니다

당신의 안부에

"바람은 담기지 않았습니다"

밤마다 쿨럭이는 나는

아무래도

파란 봄이 처방되기까지

당신이라는 독감을 앓아야 할 것 같습니다

엽서

당신이 건네는 말 한마디는
버릴 게 없는 화폐다
나는 습득한 행운을 지불하고
입장 티켓을 구한다

당신이 흘려보내는 시선
어두운 당신의 처소를 방문하는 비자이다

당신이 쌓아가는 하루하루는
한 장의 벽돌이다
당신이라는 감리가 없다면
나는 한낱 폐가로 버려질 것이다

무심코 내던진 당신의 방언
내 귀를 사로잡는 약도이다
당신을 목적지로 설정하여 저문 날의 뒤켠을 찾아간다

당신의 뒷모습에서
나는 구겨진 나를 꺼내곤 한다

부자론

나는 가진 게 별로 없지만

당신의 모서리 한 평 얻었으므로
몰래 훔쳐온 당신의 밑줄
일기장 행간에 빼곡하므로
아름드리 비밀 한 그루 경작하고 있으므로
당신 말고는 어느 것도 파종할 수 없는
나대지가 되었으므로
당신으로 우거진 나는 빈틈이 없으므로

숨바꼭질

손잡고 마실 가던
네 살배기 손자가 물었습니다

할아버지,
할아버지의 할아버지는 어디 계세요
응,
이 할애비가 두어 살 때 돌아가셨단다

손자가 대뜸 손나팔을 만들어
하늘을 향해 외쳐대는 것이었습니다
-할아버지!
-할아버지!

어린 종소리가 온 우주에 퍼지고
밤새 별빛이 쏟아졌습니다

당신의 폐허는 나의 유적

당신에게 나는 백지다. 처음인 듯 그리는 당신이라는 밑그림, 오래오래 비워둔 오늘을 당신으로 채우겠다.

당신에게 나는 방언이다. 어떤 수식도 착용하지 않고 알몸으로 서술하는 본문이다.

당신에게 나는 뚜껑이다. 내 전부로 당신의 입을 마감한다.

나는 파지다. 절정에 이르지 못하면, 한데 멈추는 파지다. 당신의 구석이라면 이면이어도 좋다.

나는 폐허다. 굴레며 인습이며, 다 뽑혀나갔다. 나는 추억 한 줄에 매달려 있다.

당신은 구인영장이다. 미소 한 면이면, 온전히 당신에

게 갇혀버렸느니 당신의 폐허는 나의 유적이다.

사과의 추억

사과를 훔쳐 먹었다
타인의 가계家系에 들어가

껍질을 순순히 벗어주었다
유실물이라는 이름표를 읽었다

낙과라서 안착했을까

퉤, 하고 인습을 뱉어냈다

본래 사람의 습관이란 없는 법
도착하지 못한 것은 대대로 떨떠름한 맛

붉음에 고인 당분을 기억하는 몸은
여러 해
입맛을 잃고 시들어가야 가계를 나올 수 있었다

방죽

당신이 있던 자리에 앉으면
당신이 풍덩 뛰어들었다

그럴 때마다
나는 당신 속으로
깊이 가라앉았다

묵독

당신을 읽는 중입니다
읽을수록 손을 놓을 수 없습니다
가슴을 열람하고
옆구리를 빌립니다
모음으로 된 당신의 뼈
자음으로 된 당신의 살
감탄 부호로 찍힌 음성
수억의 관문을 뚫고 입성한 내가
가장 잘한 일이 있다면
당신을 열독한 일입니다
언제일까요
폐문을 맞이하는 날
이별을 박차고 이 별을 나설 테지만
당신이라는 양서를 택한 나는
우등 사서司書입니다
누군가 당신을 복사할까 봐
차마 낭독할 수 없습니다

아무도 모르게 아무도 모르게
당신을 외웁니다

차용금

오다가다
눈맞았어

밀항을 하자는데
노전이 모자란다

친구야,
지갑 좀 빌려줄껴?

꽃 피거든
꿀 따서 갚아줄게

보증은
어깨동무인 네가 하고

시작 노트

당신이 점화한 통증으로
나는 밤마다 연소 중이다

당신이 휘두른 눈빛에
나는 오래도록 휘청인다

당신을 감추어두려고
저녁을 열고 있다

당신을 붙잡아두려고
새벽을 잠가두었다

화살

팽팽한 달빛이 창문에 명중되거든
당신에게 보내는
특사인 줄 아시오

팽팽한 빗줄기 처마 아래 당도하거든
당신에게 발송한
친서인 줄 아시오

제3부

때늦은 서평

— 아버지

어깨너머는 천인단애보다 깊다
내 생을 통틀어야 열람할 수 있는
주름진 문장은 아득해
행간의 속내를 다 읽지 못했다
할머니의 주석이 없는 한
이면을 헤아릴 수 없다
두터운 그늘로 나를 온전케 하였느니
통독이 버거웠던 권장도서, 아버지
일생 밝혀 주마던 그가 영구히 꺼진 후
내 청춘을 추스른다
복원할 수 없는 경전
끝내 완독하지 못하고
하늘에 미소 한 권을 반납한다

아내의 무덤

내자内子의 둥그런 뱃살이
복토처럼 꺼지지 않는다
농부인 나는 알고 있다네
구릉이 무덤이라는 것을
맹지에 씨앗을 파종해본
나는 알고 있다네
여성을 순장하여 이룬 모성애를
알고 있다네

맨손으로 중용되어
외딴 묘지의 능참봉으로 살아온
나는 알고 있다네

여백

커다란 도화지에

풀 한 포기
달랑 그려놓았다

나머지 모두 땅이 되었다

근황

주변인은 구름이 되어 하늘을 떠돌아요
그날 아침 떠나온 운동장을 기웃거려요
하루도 거르지 않던 골목을 빠뜨리죠
옥탑방은 단역으로 다녀오기 좋은 곳

포구가 밭은기침을 내뱉으면
나는 파도처럼 출렁거리죠
내 이름이 지축처럼 기울었나 봐요
일몰의 주저앉는 습관이 부쩍 늘어났어요

나는 나도 모르게
집필 중인 슬픔의 주인공이 되었어요
대하소설의 결말은 화자도 모르죠
다른 고통은 더 이상 출간되지 말기를,
나를 두리번거릴 책상으로 돌아가고 싶어요

풍금

작은 성으로 분가하며
씨앗은 영토를 잃었다
노래도 함께 분실했다

새 자리를 잡았을 때
건반에는 운지법이 실종된 채였지만

아이들이 번갈아 누르면 울리는
화음花音으로

어떤 곡절에도 휘둘리지 않고
그늘이라는 제 음을 찾아냈다

낡았지만
발판을 누르면
모성母聲이 새 나오는 골동품으로

불규칙한 생활과 협연을 위해
악보로 펼쳐놓던 한 소절 읍소처럼

쉿,

그녀가 당신을 연주할 차례다

365코너

연중무휴

함부로 꺼내 썼다

연체처럼 늘어난 주름살

천국 본점으로 이월 중이다

하느님이 보증한 통장

다시 인출하지 못한다

깡통계좌

'엄마'

미소를 굽다

밭두렁을 창구로 개설한 자에게
땅은 금고이니
손과 발을 열쇠로 부리면
입은 어지간히 조달되는 보급창이다
무릎이 최종학력인 노파
너털웃음과 땀방울은 덧셈으로
핀잔과 한숨은 뺄셈으로 삼는다
담배 한 개비 꼬나물 틈 없는 삽자루
새벽같이 따라나서는 호밋자루
밥맛을 당겨줄 찬거리는 없다
뗏거리 한 그릇 뚝딱 비운다
입맛을 돋우는 밑반찬이라야
시어터진 잔소리
간간한 미소뿐이어도

고향의 현주소

재 너머 강골댁 빈집. 구름터댁 빈집. 중기 양반 빈자리.
창녕이 성님네 빈집. 창골댁 빈집. 산월댁 빈집. 난산
댁 빈집.

부안댁 빈집. 종산댁 빈집. 월산댁 빈집. 장자터댁 빈집.
독대동양반 빈자리. 백산댁 빈자리. 흔랑이 당숙 빈
자리.

남평양반 빈자리. 양질아짐네 빈집. 덕안 양반 빈자리.
석산 양반 빈자리. 일천댁 빈집. 중살댁 빈집. 이평댁
빈집.

석전양반 빈자리. 구장아재 빈자리. 최씨아저씨 빈자리.
성암댁 빈집. 낙중이네 빈집. 관동댁 빈집. 탑신댁 빈집.
빵집 할매 빈자리. 떡방앗간 빈집. 담뱃가게 빈집.

곡우

고라실 할마시
비탈마다 콩 한 줌 심어놓고는

모가지 빠지게
기다리는데

기별도 없이
새벽녘에 쏟아지는 손님들

재목

두 그루 나란히 피었다

얼마 지나자

하나는 그대로 있고
또 하나는 꽃 목이 잘려나갔다

하나는 눈 밖에 나서
또 하나는 눈에 꼭 들어서

폭탄주

눈물 가득 부은 컵에
웃음 한 방울 섞으면
생활이 제조된다

휘청이는 그대
몇 잔째인가

일몰

넘어져 피멍 든 하루가
수평선 너머로 후송되고 있다

백업

―시한부

뜻밖의 소실에 대비하여
원본 찰나 몇 장
추억의 폴더에 저장해두었다

탑승거부

시어머니를 전도하는 며느리
교회에 나가면 천국에 갈 수 있다고 목소릴 높인다.
돌아가신 아버님도 그곳에 계실 거라고.

듣고 있던 시어머니 정색을 한다.

-며늘아, 천국에 가면 늬 시애비 있다는디
-그 양반 다시 만나는 천국이라면
-내는 거기 안 갈란다.

제4부

길의 사회학

옛날
길을 내다
나무가 계시면
길이 비켜갔다

지금
나무가 있으면
둥치를 잘라버린다

뿌리째 뽑힌 하체 한 분
관공서 로비에서 돌아가지 못하고 있다

사람들이 돌아서 간다

상보

한 노인이
십 년 동안 기르던 고독에게 물렸다
고독을 낡은 소유물이라고들 하나
언제든지 주인을 공격할 수 있다는 선례를 남겼다
노인은 한 개의 뼈다귀로 발견되었다
가슴에 박힌 못을 근거로
고독에도 이빨이 있다는 게 증명되었다
스산한 바람 몇 점이 수거되었으나
사채私債는 쉬 발견되지 않았다
굳게 닫힌 골목은
냄새만 활보하고 있다는 후문이다

아파트

도시마다 우글거린다

처음 모습을 드러냈을 때
육중한 몸집과 사나운 가격에 접근을 꺼렸다

도심 한복판에 분포했으나
변두리를 무너뜨리고 들판까지 번식 중이다

새들의 보금자리를 허물고
나무들의 발등을 찍어내는 포악함으로
멸종위기에 처한 인정

잠복하는 떴다방의 습격을 받아도
백수白手는 거들떠보지 않는 백수百獸의 왕

주식主食인 융자를 과식한다
연체에 몰린 일가를 잡아먹는 포식자들

〉

은행에 덜미를 잡혀
금리를 갈아치우는 식탐으로
집단 서식하는 결속의 고체들
여러 세대를 거느리는 습성으로
미풍양속을 수거하고 있다
남은 숲을 거덜 내며

소록도

눈썹이 다 빠져 무표정이 되었다
내가 허영을 조림하려 눈물을 무단 벌채한 탓이다

두 눈이 빛을 놓쳤다
내가 세상을 굽어보지 않고 노려본 탓이다

뒤틀린 입술 사이로 말씀이 비틀거렸다
내가 증오를 입에 올리며 위증을 일군 탓이다

굽은 손가락이 꽃반지를 떨어뜨렸다
내가 두 손을 흉기처럼 휘두르며 하늘을 찔러온 탓이다

문드러진 발가락이 걸음을 등졌다
내가 금단의 땅을 쏘다니며 금쪽같은 시간을 빼먹은
탓이다

썩은 살과 고름이 낮과 밤을 채웠다

쾌락을 낚으려는 내가 욕망의 바다에 알몸을 내던진
탓이다

육친과 생이별한 섬이 홀로 저물고 있다
내가 쌓아 올린 담장 밖으로 형제들이 밀려난 탓이다

나의 눈썹과 나의 입술
내 손가락과 내 발가락은 어찌하여 성한 것인가

자본주의

착하게 살라고
부모님께 배웠다

착하게 살았더니 가난하다

부모님을 의심하게 했다

나쁘게 살지 말라고
선생님이 가르쳤다

나쁘게 살아야 떼부자 된다

선생님을 의심하게 했다

의심은 그 자체로 실패한 것

과적 위반

혈류를 이탈하는 주범이 적발되었다
시력을 들여다본 의사가
볼모로 나포된 거라며 정차를 요구한다

백 년도 미치지 못할 주행거리
천년으로 적재함을 설정하였다

경고등을 방임하는 사이
통로가 막혀 있다
마음을 비우라는 처방이다

허식과 결탁한 세월은
이생에는 하차할 수 없다는데

발부한 진단서가 백기처럼 펄럭인다

人事

곧은 사람을 쓰고 굽은 사람을 버리면
백성이 승복한다, 고 일갈한 장자

굽은 사람을 쓰고 곧은 사람을 잘라서
국민이 칼을 회수했다.

굽은 언어를 쓰고 곧은 언어를 버려야
독자가 반색한다.
곧은 언어만 쓰고 굽은 언어를 버리면
독자는 시인을 등진다.

곧은 열매를 팔고 굽은 열매를 버리면
손님이 주인을 따른다.
굽은 열매만 팔고 곧은 열매를 감추면
손님이 주인을 버린다.

분리수거함

가혹

간교 갈등

갈망 갈증 거만

거세 격정 고난 고발

고충 고통 고해 공허 공모

군림 굴욕 굴복 긴장 나태 나포

노비 남용 도주 도색 독선 독점 로비 모멸 모욕 모순

반대 반역 배반 번뇌 보복 부정 분노 분란

불가 불만 불평 불편 불화 비관 비난 비참

삭막 삭제 산만 살해 상실 상처 상투 실패

심술 심판 아집 아첨 알력 암담 암흑 압력

압제 역류 연좌 오만 오욕 오인 욕망 원망

위선 위협 이기 자만 자충 자학 저주 절망

증오 질식 질투 차별 차아 천대 참혹 침략

탐욕 쾌락 패배 패망 폐쇄 폐허 폭군 폭력

한숨 허망 허식 혐오 혐의 협잡 호색 희롱

사과 감사 위로 여유 자유 정의 진실 평화 화해 용서

비무장지대

남북의 병사들에게
총칼 대신
꽃 한 자루씩 차게 하자

DMZ 향해
향기를 발사하는 거다

전리품은
평화花가 거두는 열매
대대손손 종자로 삼아도 좋으리

무단횡단

한적한 시골로 접어드니
속도를 낼 수 없다

나비와 새
노루와 고양이
고라니와 꿀벌들
난데없이 뛰어들곤 한다

이 땅은
본래 그들의 광장
표지판이 위반하고 있다

판토마임

사랑하는 사람만 사랑했다
미운 사람만 미워했다

입술로 신을 숭배하면서
손발로는 불신을 경배했다

일삼았던 속임수
나는 나에게 속았다
나는 내가 아니었으므로
관객의 과반을 잃었다

공동묘지

나도 한때 사랑했는데
나도 한때 미워했는데
나도 한 시절 괴로워했는데
나도 한철 뜨거웠는데
나도 한밤중 뒤척였는데
나도 어느 해 굶주렸는데
나도 한동안 속았는데
나도 한바탕 웃던 날 있는데
나도 한차례 울던 날 있는데
나도 한 계절 땀 흘렸는데
나도 한 나라를 섬겼는데
내 심장도 한평생 뛰었는데
나도 비밀 하나 간직하고 있는데

절취

흘린 땀보다
더 누리는 호사는
장물이다

해설

살(煞) 닳리는 문명과 성찰하는 실존의 처소(處所)

유종인(시인)

1.

존재는 모든 사이[間]에 끼어 있다. 무책임하게 방임(放任)된 순간조차도 그 사이에 낀 존재의 여건은 그리 크게 바뀌지 않는다. 대극(對極)할만한 존재의 여건이 없다고 느끼는 허랑함 속에서도 그런 '사이'는 존재한다. 대척적(對蹠的)인 관계망(關係網)들에 자신만은 둘러싸여 있지 않다는 관념도, 완전한 독존(獨存)의 처지를 이룬 것은 아니다. 일방적인 투사(投射)된 여건조차도 그 배경이나 카테고리를 넓혀보면 결국 양극(兩極) 혹은 다극(多極)의 환경 속에 끼어 있음을 조감(鳥瞰)하게 된다. 물론 자신이 대립각 없는 일방(一方)에 치우쳐 있다고 주장하더라도 그 치우침의 저편에는 더 깊은 치우침이 있고 또 그 반대의 상황도 존재할 가능성이 있다. 우리는 늘 이렇게 자신이 무엇인가에 선택되고 선택했음에도 또 하나의 '사이[間]에 놓은 실존'을 자각할 때가 왕왕 있다.

주체(principal body)적 인간은 이런 무수한 다양한 사이[間隙] 속에 놓임으로써 오히려 확정(확장)적인 자신의 실존을 간구(懇求)하게 된다. 어느 시대의 주류적(主流的) 분위기에 몰입되거나 함몰돼 있는 자신의 상황에 일말의 환멸(幻滅)이 찾아들었을 때, 우리는 그 편벽된 처지를 거두고 꾀꾀로 '사이'라는 보류된 점이지대(漸移地帶)를 찾게도 된다. 그러므로 사이는 기본적으로 방황의 공간이거나 미정형(未定型)의 심리상태이지만 동시에 존재의 전환과 확장이 일어날 개연성(蓋然性)이 충만한 지점이기도 하다. 회색주의자의 상태라기보다는 기존의 확정되고 분별된 이념체계나 사물들 사이를 넘나들 듯 주유(周遊)할 여지를 갖는 창의적인 발단과 번짐의 지대라 할 수 있다.

조재형의 시적 실존(existence)은 이런 심리적 변이와 갈등, 담찬 존재의식과 지향들 '사이'에 자신을 놓음으로써 존재의 초상(portrait)을 시대변이 속에서 궁구(窮究)하는 바가 여실하다.

　　눈썹이 다 빠져 무표정이 되었다
　　내가 허영을 조림하려 눈물을 무단 벌채한 탓이다

두 눈이 빛을 놓쳤다
내가 세상을 굽어보지 않고 노려본 탓이다

뒤틀린 입술 사이로 말씀이 비틀거렸다
내가 증오를 입에 올리며 위증을 일군 탓이다

굽은 손가락이 꽃반지를 떨어뜨렸다
내가 두 손을 흉기처럼 휘두르며 하늘을 찔러
온 탓이다

문드러진 발가락이 걸음을 등졌다
내가 금단의 땅을 쏘다니며 금쪽같은 시간을 빼
먹은 탓이다

썩은 살과 고름이 낮과 밤을 채웠다
쾌락을 낚으려는 내가 욕망의 바다에 알몸을 내
던진 탓이다

육친과 생이별한 섬이 홀로 저물고 있다
내가 쌓아 올린 담장 밖으로 형제들이 밀려난
탓이다

　　　　　나의 눈썹과 나의 입술

　　　　　내 손가락과 내 발가락은 어찌하여 성한 것인가

　　　　　　　　　　　　　　　　　　－「소록도」 전문

　　시인의 초상(肖像)은 시인 자신의 독보적이고 독단적인 결행과 지향만으로 이뤄지는 것이 아니라, 그를 둘러싼 또 다른 존재 생태계(生態界)의 영향 아래 조성되는 지경(地境)이 있다. 그런 의미에서 '소록도'는 작은 사슴[小鹿]이나 흰 사슴[素鹿]만의 이미지가 주는 목가적(牧歌的)인 외딴 시공간이 아니라 처절한 생존의 고투(tussle)가 상존하는 실존지대인 것이다. 그런데 화자는 그런 악전고투가 외따로이 옹립돼 있는 인생들과 자신의 삶을 견주면서 자신의 현실을 돌이켜보고 '내가 세상을 굽어보지 않고 노려본 탓'을 가지기에 이른다.

　　결곡하고 개결(介潔)한 자책이 심히 따르기는 하지만 존재의 실상(實相)을 거시적(巨視的)인 안목에서 모든 존재는 유전(流轉)되고 또 상충상보(相衝相補)되는 다사로우면서 처절한 관계임을 밝히는 혜안(penetration)

은 뼈아프지만 냅뜰성이 있다. 이기(利己)에 매몰돼 자기합리화에 빠지는 대신 소록도가 '썩은 살과 고름이 낮과 밤을 채' 운 것도 자신이 '쾌락을 낚으려는 내가 욕망의 바다에 알몸을 내던진 탓'임을 스스로 뚱기듯 품는다. 여러 연행(聯行)에 걸쳐 시인의 처절한 자기 통회(痛悔)의 심정이 '소록도'를 소외된 군상들의 준거지만이 아니라 모든 존재들의 보편적 각성을 이끌어내는 고통의 심연(深淵)으로 번져낸다. 소록도는 전라도 녹동항에서 뱃길로 가야 닿는 곳만이 아니라 이 시편 속에서 우리 내면(the interior)에 두루 편재(遍在)하는 고통의 현주소로 번져 있는 것이다. 큰 고통과 사소한 불편 사이에 놓인, 소록도와 쾌락의 도시 사이에 있으며, 범박하게 말해 탐욕과 보시(普施) '사이'에 있는 모든 존재들을 일깨우는 고통의 각자(覺者)인 것이다. 그러기에 시인은 끝없이 자신을 비롯하여 모두에게 물을 수밖에 없는 것이다. '썩은 살과 고름이 낮과 밤' 따로 없이 채워지는 당신에 비해 '나의 눈썹과 나의 입술/내 손가락과 내 발가락은 어찌하여 성한 것'이냐 묻는다. 이 물음이 존재를 편협에 물들지 않고 절대적인 관념의 것들을 상대적인 것으로 환치시키면서 그 '사이' 에 놓인 실존을 떠올리듯 현현(顯現)시킨다.

82

본질적이든 사소한 물음이든 이렇듯 존재를 일깨우는 시선은 화자가 처해있는 모든 숨탄것들의 현실을 상기시킨다. 지금 우리는 어떻게 살고 있는가, 라는 물음은 동시에 우리는 얼마나 (무엇을/누군가를) 살려주고(살려내고) 있는가 라는 물음을 동시에 거느린다.

옛날
길을 내다
나무가 계시면
길이 비켜갔다

지금
나무가 있으면
둥치를 잘라버린다

뿌리째 뽑힌 하체 한 분
관공서 로비에서 돌아가지 못하고 있다

사람들이 돌아서 간다

　　　　　　　　　　　　　　－「길의 사회학」 전문

문명(civilization)에 대해서 말할 때, 기존의 시적 패러다임은 문명 비판적인 일방의 시의식을 견지하기 쉽다. 물론 위의 시편도 그런 문명과 자연의 대척적인 관계양상을 완전히 탈피한 것은 아니다. 그러나 이 문명본위(文明本位)의 자연훼손에 대한 기존의 비판 양상보다는 오히려 그런 인간의 길 닦기가 어떻게 사회사(社會史)적으로 변천했는가에 주목하는 점이 특이하다. 예전 길을 냄에 있어서 자연물(自然物)인 나무에 대한 우회(迂廻)에서 근래에는 '둥치를 잘라 버'리는 배척의 일방통행이 횡행함을 날카롭게 통시적(通時的)으로 보아낸다. 그런데 이런 사실적 맥락을 보아내는 것에서 한발 더 나아가 그 배척된 자연물이 사후(死後)에 어떤 영향을 보여주는가에 대한 섬세한 관찰이 덧붙여져 의미심장하다. 바로 '뿌리째 뽑힌 하체'가 '관공서 로비에서 돌아가지 못하고' 또 다른 자연물(natural object)로 전시돼 완상(玩賞)되고 있다는 놀라운 발견에 있다.

경물(景物)의 나무가 살아있을 때는 문명의 배척의 대상이 되었다가 죽어서는 완상과 보존의 공예품으로 전환된다는 사실은 문명의 위의(威儀)가 얼마나 폭력적인가를 단적으로 제시한다. 살아서는 무의미하게 치부됐던 자연(nature)이 죽어서는 장식적 예술(art)로 무의미의 변이를 일으키는 놀라운 현실에 화자는 웅숭깊은 시선을 보내고 있다. 그러할 때 시인은 자연과 예술 '사이'에 분열(disunion)적으로 놓여 있고 생명과 죽음 '사이'에 양가적(兩價的)인 갈등으로 존재한다. 비판의 대상은 척박한 문명을 향하고 있지만 생명의 지향은 자연을 품고 있기 때문이다. 그러기에 우리는 문명이 자연을 훼손해도 그 알량한 사후적 안목으로라도 훼손된 자연물의 잔해, 그 잉여(surplusage, 剩餘)를 예술로 환치시키는 아이러니에 빠지는 존재가 된다. 그리하여 애초에 길닦기라는 명분으로 우회를 거부했던 문명인들은 종국엔 예술의 명분 앞에 '돌아서 간다'라는 또 한 번의 아이러니(irony)를 경험하기에 이른다.

한적한 시골로 접어드니
속도를 낼 수 없다

나비와 새
노루와 고양이
고라니와 꿀벌들
난데없이 뛰어들곤 한다

이 땅은
본래 그들의 광장
표지판이 위반하고 있다

―「무단횡단」 전문

앞서 '길'의 이미지가 얼마나 인간본위의 폭력적인 행사인 것인가를 보여줬다면, 〈무단횡단〉은 보다 근원적인 눈길로 모든 숨탄것들과의 상생(相生)과 공존(coexistence)의 문제 제기를 통해 생명의 위의(威儀)를 번져내는 상황들을 제시하기에 이른다. 그것은 '나비와 새 / 노루와 고양이 / 고라니와 꿀벌들' 같은 주변자연과 같이 살아야 할 존재의 여건을 '본래 그들의 광장'으로 환기시키는 냅뜰성이 있다. 인간만을 위한 '표지판이 위반' 하고 있는 길의 이미지는 일종의 폭력이고 강퍅한 몽니라는 사실을 돋쳐낸다. 사람만을 위한 협량한 길과 주변 숨탄것들의 낙락한 광장이 화해하고 그 간극(間隙)을 좁히려는 도저한 생각이 시인에게는 무엇보다 종요로운 실존의식의 하나인 것이다.

두 그루 나란히 피었다

얼마 지나자

하나는 그대로 있고
또 하나는 꽃 목이 잘려 나갔다

하나는 눈 밖에 나서
또 하나는 눈에 꼭 들어서

−「재목」 전문

　그렇다면 이런 문명과 자연의 갈등, 아니 인위(人爲)
와 자연(自然)의 격절(隔絶)이 시인의 존재론(ontol-
ogy)으로 시야를 확대하면 어떨까. 여기 화자 앞에 '두
그루' 꽃나무가 있다. 꽃이 피었는 듯하고 '얼마 지나자'
그 두 그루 중에 '하나는 그대로' 있고 '또 하나는 꽃 목
이 잘려 나'가는 전횡(專橫)에 노출됐다. 그런데 그 대별
되는 두 꽃나무의 상황의 원인이 재밌다. '그대로 있' 는
하나는 그것이 뭇 세간 '눈 밖에 나서' 이고 꽃 목이 잘

려 비명횡사한 나머지는 세간(世間)의 '눈에 꼭 들어서'
란다. 이마저도 아이러니의 상황이 도도록하다. 숨탄것
들의 자존(自存)과 외부의 일방적인 선택과 관심이 상
충(相衝)할 때 일어나는 비극(tragedy)이 우리 주변에
상존하고 있음을 드러낸다. 이 간명한 듯한 시의 풍경
이 시사(示唆)하는 바는 자못 웅숭깊다. 그렇다면 화자
는 이 두 꽃나무의 상황 앞에 어디에 눈길을 주고 있는
가. 분명한 주관(主觀)이 문면에 드러나 있는 것은 아니
지만, 시인은 모든 숨탄것들 자신의 주체적 행위가 외부
의 일방적인 요인에 의해 좌지우지되는 것도 기피하고
싶거니와 그런 세간(世間)의 무분별한 관심이 주는 가학
(maltreatment)에 대해서도 저항하고 싶은지 모른다. 존
재 그 자체를 온전히 늠늠하게 유지하는 것, 그런 철학적
깊이는 「장자(莊子)」에서도 처세의 뉘앙스로 드러난다.

　惠子謂莊子曰: 吳有大樹, 人謂之樗. 其大本擁腫 而不中
繩墨, 其小枝卷曲 而不中規矩, 立之塗, 匠者不顧. 今子之言,
大而無用, 衆所同去也.莊子曰: …(중략)… 今夫犛牛, 其大
若垂天之雲. 此能爲大矣, 而不能執鼠. 今子有大樹, 患其无
用, 何不樹之於无何有之鄕, 廣莫之野, 彷徨乎无爲其側, 逍
遙乎寢臥其下. 不夭斤斧, 物无害者, 无所可用, 安所困苦哉?

혜자가 장자에게 말했다. 내가 사는 곳에 큰 나무가 있는데, 사람들은 그것을 개가죽 나무라 부릅니다. 큰 줄기는 울퉁불퉁하여 먹줄을 칠 수가 없고, 작은 가지들은 뒤틀려서 자를 댈 수도 없습니다. 길가에 서 있지만 목수들도 거들떠보지 않습니다. 지금 당신의 말도 크기만 하고 쓸모가 없으니 사람들이 동감하지 않을 것입니다. 장자가 말했다. …(중략)… 태우란 소는 크기가 하늘의 구름과 같습니다. 그 소는 큰일은 할 수 있지만 쥐는 잡지 못합니다. 지금 당신은 큰 나무를 두고 쓸 데 없다고 근심하고 있습니다. 어째서 아무것도 없는 고장의 광막한 들에 그것을 심어 놓고, 일없이 그 곁을 노닐거나 그 아래 누워 낮잠을 잘 생각은 하지 않습니까? 그 나무는 도끼에 찍히지 않을 것이고, 무엇도 그것을 해치지 않을 것입니다. 쓸데없다고 해서 그것이 어찌 괴로움이 되겠습니까?

(장자, 내편「제물론」중)

세상에 재목(材木)으로 쓰이고 쓰이지 않음에 대한 지나친 분별을 넘어, 화자는 온전한 '꽃 목'을 유지하며 그 존재를 구가하는 것에 방점을 찍는 듯하다. 장자 이이(李耳)의 말처럼 세간의 협량한 분별심(分別心)을 넘어 시인을 비롯한 모든 숨탄것들이 제 천명(天命)을 낙락하게 누리고자 하는 것이 존재의 본바탕이라는 인식이 자

리한다. 미추성속(美醜聖俗)을 뛰어넘어 일방적인 고통
과 해코지에 노출되지 않기를 바라는 시인의 습습한 속
내가 두 그루 꽃나무를 바라보는 상황인식으로 가만히
도드라진다.

2.

세간(世間)에, 바람이 분다. 그리고 자아(ego) 안에
심정적인 회오리가 똬리를 틀었다 풀었다 한다. 순간순
간 바람의 결이 달라지고 그 촉감은 새뜻하게 혹은 익숙
한 친근함으로 휘돌아나간다. 낯선 심정이 틈입(闖入)
하기도 한다. 낯선 것과 친숙한 것이 서로 갈마든다. 화
자의 처지가 그렇다. 익숙함 속에 낯선 생각과 사물들이
도드라졌을 때 존재는 대상을 통해 자신의 속종이 어느
실존(實存)에 위치(location)하는가 가늠하기 시작한다.

> 구릉이 무덤이라는 것을
> 맹지에 씨앗을 파종해본
> 나는 알고 있다네
> 여성을 순장하여 이룬 모성애를
> 알고 있다네

맨손으로 중용되어
외딴 묘지의 능참봉으로 살아온
나는 알고 있다네

―「아내의 무덤」 부분

화자의 경험칙(經驗則)이 작동하는 실제적인 시공간
은 바로 '구릉(丘陵)'이고 이 구릉의 메타포(metaphor)
는 바로 '무덤'이다. 그런데 이 죽음의 이미지가 화자인
'나'에게는 '여자를 순장하여 이룬 모성애'라는 거듭남과
우주(cosmos)적 확장의 뉘앙스를 번져낸다. 무덤은 그
런 의미에서 또 하나의 자궁(子宮)인 셈이다. 즉 여성(女
性)을 희생한 터전에 모성애(maternal affection)가 돋
아난다는 발견 속에서 화자는 '순장(殉葬)'이라는 자기
희생의 가치에 눈길을 모으고 있다. 흔히 여자보다 위대
한 어머니의 힘에 대한 끌림은 '구릉'과 '무덤'의 유
비적(類批的) 비유를 넘어 시인 자신의 마음바탕이 깃
들고 싶은 지향을 올곧게 드러낸다. '맨손으로 중용되어
/ 외딴 묘지의 능참봉으로 살아온' 시적 자아의 쓸쓸함

과 소외된 정서를 위로하고 품어줄 우주는, 아직도 시인의 가슴 속에서 진화하는 무덤으로 옹립돼 있는 듯하다.

나는 고장 난 신호등
당신의 예절을 지켜줄 수 없다
더 이상 나를 준수하지 말기를
상투적인 당신에게 필요한
일탈이라는 이탈
눈감아주는 지금이야말로
계급으로 쌓아 올린 관습을 허물 기회

나는 유쾌한 제한구역
직각으로 쌓아 올린 피라미드라면 불허한다
고함으로 두드려도 열리지 않겠다
어디서나 우대받는 정품은 거부한다
바닥을 전전해본 반품을 우대한다

나는
천기누설을 주름잡는 통치자
마를 날 없는 예절을 지퍼처럼 열어놓는다
오늘의 순서를 관장하는 총구로
당신의 위치를 향해 정조준한다

나는 빈 주전자

쓸쓸한 오늘을 담아 당신의 목마른 허식을 적셔

주겠어

벌컥 들이마실 작정이면 나를 유의하기를

때로 나는 당신에게

독배다

나는 오래된 길을 기억하는 바퀴

어디라도 굴러 찾아간다

전투적인 비포장을 선호한다

호의호식하는 측근으로 정체되느니

유리걸식하는 중고 타이어로 버려졌으면

당신의 경사대로 추락하게 나를 방치해두기를

나는 눈물로 채운 만년필

애용하려거든 슬퍼할 각오를 다져야

나를 집어 드는 당신은 비극의 저자

발굴되지 않았으면 한낱 교정되어야 할 비문非文,

폐기처분되었을 시대의 과오

                    ―「침묵을 엿듣다」 부분

수유(授乳)가 잘 된 아이의 눈망울과 몸짓처럼, 늡늡한 열정과 웅숭깊은 고요와 충만한 영혼의 터전을 마련한 것이 모성적인 여성성(femininity)에 경도된 결과라면, 이제 시인은 자신의 실존적 결기를 드러낼 만한 스스로의 비전을 '엿듣'는 기꺼움에 다가서 있다. 그는 '고장난 신호등'으로 '일탈'을 꿈꾸고, '천기누설을 주름잡는 통치자'로 시대의 '질서'를 재정립하고자 하고, '빈 주전자'로 '목마른 허식'들을 늡늡하게 적셔주며, '오래된 길을 기억하는 바퀴'로 기존의 보수적인 가치들을 무조건적으로 폄훼(貶毁)하려 하지 않으며, '눈물로 채운 만년필'로 기꺼운 '비극'의 정서로 삶을 관통하고자 한다. 화자가 엿듣는 '침묵'은 그래서 외부적인 적막의 상태가 아니라 자기 내부에서 흘러나오고 도드라지는 실존의 목소리와 다짐이기도 할 것이다.

> 당신을 읽는 중입니다
> 읽을수록 손을 놓을 수 없습니다
> 가슴을 열람하고
> 옆구리를 빌립니다
> 모음으로 된 당신의 뼈
> 자음으로 된 당신의 살

감탄 부호로 찍힌 음성

수억의 관문을 뚫고 입성한 내가

가장 잘한 일이 있다면

당신을 열독한 일입니다

언제일까요

폐문을 맞이하는 날

이별을 박차고 이 별을 나설 테지만

당신이라는 양서를 택한 나는

우등 사서司書입니다

누군가 당신을 복사할까 봐

차마 낭독할 수 없습니다

아무도 모르게 아무도 모르게

당신을 외웁니다

—「묵독」 전문

　화자 자기 내부의 목소리에 귀를 기울이고 눈길을 주며 반추(反芻)하듯 살피는 것은 결국 그가 지향하는 대상에 대한 선호(選好)와 기호(嗜好)를 누군가에게 투사하는 계기를 마련한다. 조재형 시인의 여러 시편에서 등장하는 숱한 '당신'은 시인 자신의 내부에서 옹립된 자아(自我)의 이칭(異稱)일 수도 있고 그가 대외적으로 동경하는 끌밋한 심미적(審美的)인 타자일 수도 있다. 그런데 재밌는 것은 타자와 자아가 갈마들어 있는 '당신'을 호출하는 방식이 독서(reading)라는 형식이라는 데 있다. 즉 '당신'이라는 책을 '가슴/옆구리/뼈/살/음성' 같은 육체적인 신체 부위로 활물화(活物化)시켜 '열람'하고 있다는 것인데 이런 방법론으로 인해 그의 당신에 대한 독서는 은밀하면서도 '열독(熱讀)'의 활기를 띤다.

이런 대상 존재에 대한 열정적인 독서의 패턴은 화자가 그 자신의 삶을 좀 더 확장하고 진전시키는 데 있어 상당한 가독성(可讀性)을 줄 것이다. 무엇보다 이런 시적 지향의 대상에 대한 독서는 '묵독(默讀)'이라는 은근하면서도 웅숭깊은 분위기를 풍긴다. 침묵과 독서가 서로 길항하면서 이뤄내는 존재학습의 도저함이란 그 심안(心眼)의 근거를 돈독히 할 마련이다.

새 자리를 잡았을 때
건반에는 운지법이 실종된 채였지만

아이들이 번갈아 누르면 울리는

화음花音으로

어떤 곡절에도 휘둘리지 않고
그늘이라는 제 음을 찾아냈다

낡았지만
발판을 누르면
모성母聲이 새 나오는 골동품으로

불규칙한 생활과 협연을 위해
악보로 펼쳐놓던 한 소절 읍소처럼

−「풍금」부분

마음의 독서가 충만한 존재란 이제 자기 자신은 물론
주변과 '화음(花音／和音)'을 얼러내는 정서적 마련이 돈
후해지는 듯하다. 그 어울리고 버성기지 않는 존재의 화
음(accord)은 화자 자신에게 세상의 '어떤 곡절에도 휘
둘리지 않고 / 그늘이라는 제 음을 찾아' 가는 일정을 호
흡한다. 비록 그 자신 '낡았지만' 그럼에도 불구하고 기

꺼이 '모성(母聲)이 새 나오는 골동품'의 현실을 낙락히 받아 안으며 '불규칙한 생활과 협연'을 마다 하지 않는 포용력이 드는 것이다. 삶이 여기에 있으니, 그 삶을 기꺼이 연주할 '악보로 펼쳐놓던 한 소절 읍소'을 마다하지 않는 것이다.

간난(艱難)과 갈등과 고통의 수령(受領)하지 않는 시간이란 숨이 붙어 있어도 참다운 생명의 의지라 할 수 없는 것이기에 자처한 웃음은 아니더라도 '읍소(泣訴)'의 간절함으로라도 돌파해나가는 형국인 것이다. 자꾸 의지의 발판을 누르는 발과 실존의 건반을 누르는 손가락들의 조화, 그리고 감성이 충만한 가슴과 냉철한 두뇌, 사랑이 기운이 담긴 눈으로 존재는 감응(感應)의 선율을 자아내는 '풍금(風琴)'이기도 한 것이다.

슬픔은 수령하되 눈물은 남용 말 것

주머니가 가벼우면 미소를 얹어줄 것

지갑과 안전거리를 유지할 것

침묵의 틈에 매운 대화를 첨가할 것

어제와 비교되며 부서진 나를 이웃 동료와 견주지 말 것

인맥은 사람에 국한시키지 말 것

그늘에 빛을 채우는 일에 일 할은 할애할 것

고난은 추억의 사원으로 읽을 것

손을 내려다보면 이루어지는 이 모든 것들에게

시간을 가공 중이라고 말해줄 것

나에게 돌아오는 길엔

고개 들어야 보이는 별들에게

일과를 고하는 것 잊지 말 것

—「하루 사용법」전문

고통을 받자 하니 하면서도 그 속내에 명민하고 냅뜰
성이 생긴 사람은 영원의 '하루'와 하루의 '영원'을 별개
(別個)로 두지 않는다. 하루 속에 깃들인 영원의 바람과
영원에 깃든 하루의 간절하고 유한한 햇빛과 달빛 별빛
은 서로 동숙(同宿)의 동행(同行)이다. 이런 심정은 '어
제와 비교되며 부서진 나를 이웃 동료와 견주지 말 것'처
럼 지나친 분별심(distinction)을 멀리하고 '인맥은 사람
에 국한시키지 말 것'처럼 오지랖을 지니며 '고난은 추억
의 사원으로 읽을 것'처럼 고통받는 창조의 삼이웃을 지
향한다. 이 '하루 사용법'은 그런 의미에서 인생의 사용

설명서에 첨부해도 좋을 마련이다.

　'사용법'을 마련하는 마음은 나의 지향인 동시에 '당신'을 향한 당신을 위한 당신의 지향이자 매뉴얼이기도 한 것이다. 그것이 너나들이로 모두에게 번지기를 조재형 시인은 가만히 은근하게 간원(entreaty)에 두 손을 모으고 있을지도 모른다. 하루의 사용이 영원의 쓸모와 별반 다르지 않기 때문이다.

　　　누가 저 달을 하늘에 가두었나
　　　밤하늘에 귀를 기울이는 건
　　　절규를 그리워하기 때문인가

　　　나무 아래 벗어놓은 낙엽들이 있고
　　　바람이 짝을 맞추어 11월을 신고 간다

　　　의자는 다리가 부러져 휴식을 얻는 것인가
　　　아무도 거들떠보지 않을 때
　　　비로소 자신에게 돌아갈 수 있는가

　　　하늘에서 날아와 웅크리고 있는
　　　응달 속 깃털들에게

누가 맨 처음 함박눈이라고 호명했지

나는 시간이 쏘아올린 탄생
언제까지 날아가 어디쯤에서
죽음의 과녁에 적중할까

도끼가 나무를 내리찍는다
도낏자루도 본래 나무였는데
누구의 포섭으로 나무꾼에게 전향했을까

누군가 나를 두리번거린다
내 안에 가둔 당신을 들켰나

—「사소한 질문」 전문

이러한 존재의 낙락한 '사용 설명서'와 다수굿한 간원
(懇願)이 생기는 것은 그만큼 조재형 시인이 문명의 갖
은 살(煞)들을 닳리고 달래며 자신의 실존적 이정표를
정갈하게 마련해나가려는 도저한 삶의 긍정(肯定)에서
돋아난다. 무릇 삿[邪]된 것들과 저열(低劣)한 이합집산

들이 판치는 현황 속에서 시인이 마련해가는 다양한 긍정의 시적 신호탄, 그 폭죽(爆竹)들은 은근하면서도 깊이 있는 성찰의 질문 속에서 발화(發火 / 發花 / 發話)한 시적 에스프리(esprit)인 셈이다.

너무나 당연시되기 때문에 질문의 대상이 되지 않던 의구심들이 시인의 '사소한 질문' 속에서 그 운신(運身)의 폭을 넓히니, '의자는 다리가 부러져 휴식을 얻는 것인가' 같은 고통과 상처가 주는 존재의 이면(裏面)에 대한 응시로부터 '하늘에서 날아와 웅크리고 있는 / 응달 속 깃털들에게 / 누가 맨 처음 함박눈이라고 호명했'는가 같은 존재와 언명(言明)에 관한 근원적인 세계인식의 의구심은 '사소한 질문'을 도저하고 거대한 질문의 울타리 안으로 몰아넣는다. 이것이 화자가 세상을 달리 구성하는 인식의 들판을 조망하고 실존을 웅숭깊은 생의 주관자(主管者)로 새뜻하게 '전향(轉向)'할 마련이 생긴다. 그것은 어디서 생기는가, 바로 비루한 일상과 성속(聖俗)과 문명을 가로지르며 실존의 향배를 끊임없이 탐침하듯 성찰(省察)을 쉬지 않기 때문이다.

이즈음 등을 보인 채 등짝에는 희끗희끗한 눈송이를 얹은 당나귀가 어두워지는 들판을 보며 꼴을 되씹는 모습이 떠오른다. 울음과 웃음이 한 음조(音調)에서 능놀고 있는 그 쓸쓸한 당나귀가 드디어는 웃음의 절묘한 시구(詩句) 하나에 감응했음인지, 웃다가 그만 무심결에 내 옆구리에 발길질을 넣는다. 시의 허방에 빠져 우두망찰인 내게 그 어처구니없는 당나귀는 나보다 윗질이니, 아 허리가 결려도 나는 참을 수밖에 없다.

포지션 詞林 005
누군가 나를 두리번거린다

펴낸날 | 2017년 11월 20일 초판 1쇄
　　　　 2017년 12월 07일 초판 2쇄

지은이 | 조재형
펴낸이 | 차재일
책임편집 | 이용헌
펴낸곳 | 포지션
등록번호 | 제2016-000118호
등록일자 | 2016년 4월 12일
주소 | 서울시 마포구 대흥로8길 26. 201호
전화 | 010-8945-2222
전자우편 | position2013@gmail.com

ISBN 979-11-961370-3-8 03810

값 10,000원